매일, 휴일 **7.**

Keigo SHINZO

매일, 휴일

매일, 휴일 7. 목 차

곧바로
미대에서
슬럼프였던
만화에서
잠시 멀어져보기로
결심한
나츠미는
54일 차 / 이제 곧 여름이 온다

아자!

그림을
그리기로
했습니다.
그림의 소재는
지난 회에
보고 감동한
여우비 내리는
그 풍경입니다.

달칵
!
앗,
나츠.
일찍 왔네
——.
좋은 아침——
아,
안녕——.
심지어
그림도 그리고
있어!
← 어차피
난
낙선!!
NEXT
ART
AWARD
응.
만화가 지금
슬럼프라,
명색이
미대생이니까
그림을 좀
그려보려고.
잘
생각했어!

"아카링, 아무도 없으니까 라디오 틀어도 돼?"
"OK!"
Radiox
오스기의 올나이트!!
정리정돈

딩—동
댕—동
후아~~. 열심히 그렸다——!!
아카링, 매점 가자——.
아, 미안. 나츠.
야마다가 주차장으로 오래.
아, 너무 더워—
팔락 팔락
? 뭐지?
헤이!
차 뽑았지롱——.
친척이 파격적인 가격으로 넘겨줬어——♡
우왕!
대박!
……
…….

또 싸워?!
맨날 돈 없다면서 차는 왜 산 거야?!
아캇피가 여름에 차 타고 나가노까지 가보고 싶다고 했잖아.
그래서…
뭐….
두근은…
…기억하고 있었구나♡
응!
…
그러니까 이왕이면 지금부터
셋이서 드라이브 안 갈래?!

와——
셋이서
드라이브
——.
그래도 돼?!
갈래!
아,
나카지마.
앗!
대박!
웬 차야?!
야마다가
차 뽑았대
——.
진짜?!
짱이다.
좋겠다~,
드라이브!
….
나카지마도
갈래?
앗,
그래도
돼?!

이때
아카리는
응,
물론이지!
아.
괜찮지,
아카링!
드라이브 스루
매장
가보고 싶어!
부우웅…
렛츠
고!
'실은
우리끼리 가는 게
더 좋은데…'
라고 생각하고
말았습니다.
OK!

나카지마에 대해서는 불편한 마음도 거의 사라졌고 싫어하는 건 아니지만,
와ー
애벌레 지골로 끝장나게 재미있어
부웅
응?! 미안, 안 읽어봤어.
끕!
요코야마, 혹시 읽어봤니?
애벌레 지골로!
예민하고 소심한 아카리는
하 하 하
이런 일에 일일이 상처받는 것이었습니다.
목소리가 개미 소리야!
하나도 안 들려——!!
하 하 하
TAKE OUT

더☆ 온리가 부릅니다. '여름, 서머'.
Clarion
FM 78.2
메모리
선택
채널
장마철에 접어들어 날이 습하지만, 이제 곧 여름!이니까 이 노래——.
빠밤
빠바~밤
맛있어!
'더☆ 온리' 오랜만이네~.
음~
따라란
아….
멤버 불화로 깨지지 않았나?
'더☆ 온리'? 아——. 옛날에 유행했었던——.
'더☆ 온리'잖아. 나 완전 좋아하는데——!!
!
추억 돋네—
빠라라라라~밤
중학교 때 엄청 좋아했었는데….
톡 톡
…….
이때의 '더온'은 최고였어!!
앗, 잠깐만!

아하하하.
노래
시작했다
──!
YO!
최고의
여름 방학
──.
YO!
최고의
여름 방학──.
아카리는
묘한
설렘
──.
조금
부럽게
느껴졌습니다.
이런 때
신나게
노래
부를 수 있는
나카지마가
…….

최고의 시추에이션! ♫
!!
눈부신 바다와 구름!!
아카링이 노래를 시작했다!
실은 '더온' 엄청 좋아해….
앗—— 진짜?! 무슨 노래 좋아해?!
음, '커넥트'랑 '슈거리스 껌'이랑 '센세이션' 이랑….
하 하 하
찐팬이네!

――여름이
성큼
다가왔습니다.

아—— 좀 있으면 여름 방학이네——.
다 같이 여행 가고 싶어——.
좋지. 다 같이 가자!
괜찮지, 아캇피!
!
응, 물론이지! 다 같이 가자!
와우, 여름이다—
같은 번호로 2번이나 전화가 왔었네….
전화
오늘
0120-XX-XXXX(2)
어제
090-XXX-XXX
0120-XX-XXXX
일본
…… ……. 또!

여, 여보세요.
아, 요코야마 아카리 씨 핸드폰인가요?
네….
저는 넥스트 아트 어워드 홍보 담당자인데요.
네…?
축하드립니다! 요코야마 씨가 응모하신 작품이
당당히 대상으로 선정되었습니다!

주르륵~…
거짓말….
아카링?!
네,
네….
안녕히
계세요….
……
…….
어떡해~~.
지난번에
응모한 그림이
대상 받았대~.
뭐
——!!!
축하해
——!!

나츠.
고마워!
와,
와아~.
짱이다.
아카링…!
왜일까요.
나츠미는

54일 차 —— 마침

우와——!
그 아카링이?!
NEXT ART AWARD
대상전
미의
쏴아아…
미술대학
요코야마가 대상이라는 게 정말이야?!
55일 차 캐치볼
괜찮네.
와—— 이게 대상이구나 ——.
대상 요코야마 아카리 「봄」 유채, 캔버스 F100
NEXT ART AWARD
대상전 20XX 7월 7일 ~ 7월
좋겠다. 미모와 재능을 다 가졌네.
쳇, 난 낙선이야….
미
창작

개인전도 결정됐대.
와—— 대박——.
…….
지금 나츠미는
복잡한 심정입니다.
단짝 친구가 대상을 타서 기뻐해야 마땅한데 진심으로 기뻐할 수가 없어서….

안녕!
아, 나츠.
하지만
헤이
아카링, 좋은 아침 ——.
오늘도 열심히 그리고 있네 ——.
응, 개인전이 있으니까 최선을 다하고 싶어서…!!
와우——. 역시 잘나가는 작가님~!!
페인트 오일
평소처럼 행동하고 있습니다.
애써
WONDERFUL

그리고
나츠미도
…나도!
쭈우욱
왠지
다음
미술 공모전을
노리기
시작했습니다.
미술의 고향 공모전
회화작품 모집
상금 100만 엔!!
정리정돈
SEIKO
쓱 쓱
쓱 쓱
생각처럼
잘 안 그려져….
이야――
요코야마,
축하한다!
와글 와글

색을 쓰는 방법이 아주 훌륭해!
우리 학교에서 대상이 나와서 정말 자랑스럽구나 ——.
전부터 좋다고 생각했었지만~,
개인전도 열심히 해라!
WONDERFUL

집에 가자….
아카링, 난 슬슬….
하아…
너무 안 풀려….
비가 그쳤다
사라락랭

4:20
코바야시 나츠미
오늘
OK!
먼저 갈게
먼저 갈게
어라,
나츠…?
WONDERFUL

어서 와——,
나츠.
난
재능이
없는 걸까….
타아악
다녀
왔습니다…
만화도
그림도
되는 게
없어….
파이팅
음—
무슨 일 있냐?
또 시무룩한
얼굴을 하고.
훗ㅇㅇㅇ
아빠
빠빠
빠빠
FISH

응,
거의 다 했어
——.
영화
편집하는
거야?
파이팅—
야!
난 지금 직장에서
상처받은 하트를
치유하는
중이거든!
하하하
시끄러워,
백수!
그치,
츠무기
——.
꺄아 꺄아
바삭
콕
떨랑 떨랑
여긴
이렇게
하는 게
낫지
않을까?
아,
그거
괜찮다
흥
하여간 둘이
죽고
못 산다니까….
잘그락…

?!
감독은 나야!
콰쾅—쾅
째깍 째깍
쓸데없는 짓을 즐기자
—— 그러나!
나츠미's room
그건 나도 마찬가지야!!
난 여기에 목숨을 걸었어!
z…
조마 조마
으아~~ 엄청 싸우고 있어….
GANBARE! SHIROIRU

앗,
히데키 오빠가
가버렸다?!
드르륵
콰당!!
잘
안 들리지만
심각한 것
같아….
?!!
파
앙
파
아
앙
뭐야,
뭐야?!
설마
주먹질?!

난
그 장면은
커트해야
된다고
생각해!!
파
앙
……

드르륵
응?
캐치볼.
뭐 하는 거야?!
왜?!
고등학교 때 찍은 영화에서도 의견이 안 맞으면 많이 했었지.
훗.
팡
속마음을 얘기할 때는 캐치볼이잖아.
그런 거야?
캐치볼.

흐음….
기껏 멋진 장면을 찍었는데!
액션 장면은 많을수록 좋아!
아니, 하지만 그건…
앗!
파
스토리랑 관계없잖아!
아, 미안 ——.
와스락
와스락
어라, 어디 갔지?

파
……
아
앙
유리 깰까 봐 걱정돼…
더럽게 못하네….
파
아
앙
뭐, 그래도 나름
그런 식으로 해결할 수 있다면
조금 부럽기도….

FISH

데굴
나츠, 패스.
씨익

휘ㅡ익
앗!
아까부터 얘기 듣고 있었는데 ──
나도 커트하는 편이 좋다고 생각해!
?!
어쩔…
분재
와장창
나중에 셋이서 과자를 사들고 사과하러 갔습니다….
나, 난 모르는 일이야….
잠깐만, 나츠. 도망가지 마 ──.
몰라, 몰라!!

55일 차 ── 마침

SEIYU

56일 차 / 크랭크업
쏴아아아...
♪ YoTube YoTube ———.
♫ 꿈을 걸어라, YoTube!

Fin
RedBull
ENERGY DR
BLAC

......
......!
후—...

영화 완성!!
아자──!!
앗싸──! 점심으로 라멘 먹으러 가자!
응!
와~, 진심 최고의 좀비 영화가 됐다!
그렇지, 히로토?!
하하…. 응!
쓱 쓱
쓱 쓱
……
응.
싸아아…
뭐야──. 완성했는데 왜 이렇게 기운이 없냐.
아니거든!

벌컥
벌컥
벌컥…
푸핫-
맥주 맛 끝내준다!!
완성할 때까지 참았더니 더 맛있어!
그러게.
DAIKEI
라멘 타이케이
감사합니다
라멘과 된장라멘 나왔습니다!
우와, 맛있겠다~.
고춧가루 뿌려 먹어야지.
덜컥
수북…
아앗!
이크~
이, 이 정도쯤이야~~~.
!
후루룩

부들
부들 부들…
이거야….
미안해, 히데키! 역시
핵불맛 먹는 장면, 다시 찍지 않을래?

뭐?!
이제 와서 무슨 소리야!
주, 죽어도 안 해!
난 매운 건 질색이라고!!
런치 서비스
라멘 타이케이
설명하지! 둘이 찍은 영화에서 핵불맛 야키소바를 먹는 이 장면.
핵불맛
실은 히데키가 싫어해서 평범한 야키소바를 먹으며 찍은 것이었다!
그게 자꾸만 마음에 걸린 히로토였습니다.
역시 둘 다 핵불맛을 먹는 것처럼 안 보였어…!
싫어, 싫어, 싫어~.
부탁해!!

후회를 남기고 싶지 않아….
TREE
굴
"내 안에 응어리가 남아서 하는 거야…."
김
"난 배우로 돌아가고 싶은 게 아니야."
…….

"나 자신에게 후회를 남기고 싶지 않으니까."
종이 앞치마
자유롭게 사용하세요
비누
!
아, 알았어….
진짜?! 고마워, 히데키~.
하아~….
라멘
영업중

핵불맛 소스
오오~.
꿀꺽…
핵불맛
야키소
명심해, 히데키. 핵불맛을 먹고 반응은 없지만, 몸은 매운맛에 반응하는 그 절묘한 느낌을….
알았어. 한다고!
하면 될 거 아냐….
후~
후~

냠…
떰떰…
질겅…
……
크아
매워—!!
컷!!
두두두두두두두두

히데키
최고~!!
헉
히로토!
너도 다시
찍을 거야!!
얼음
당연하지!!

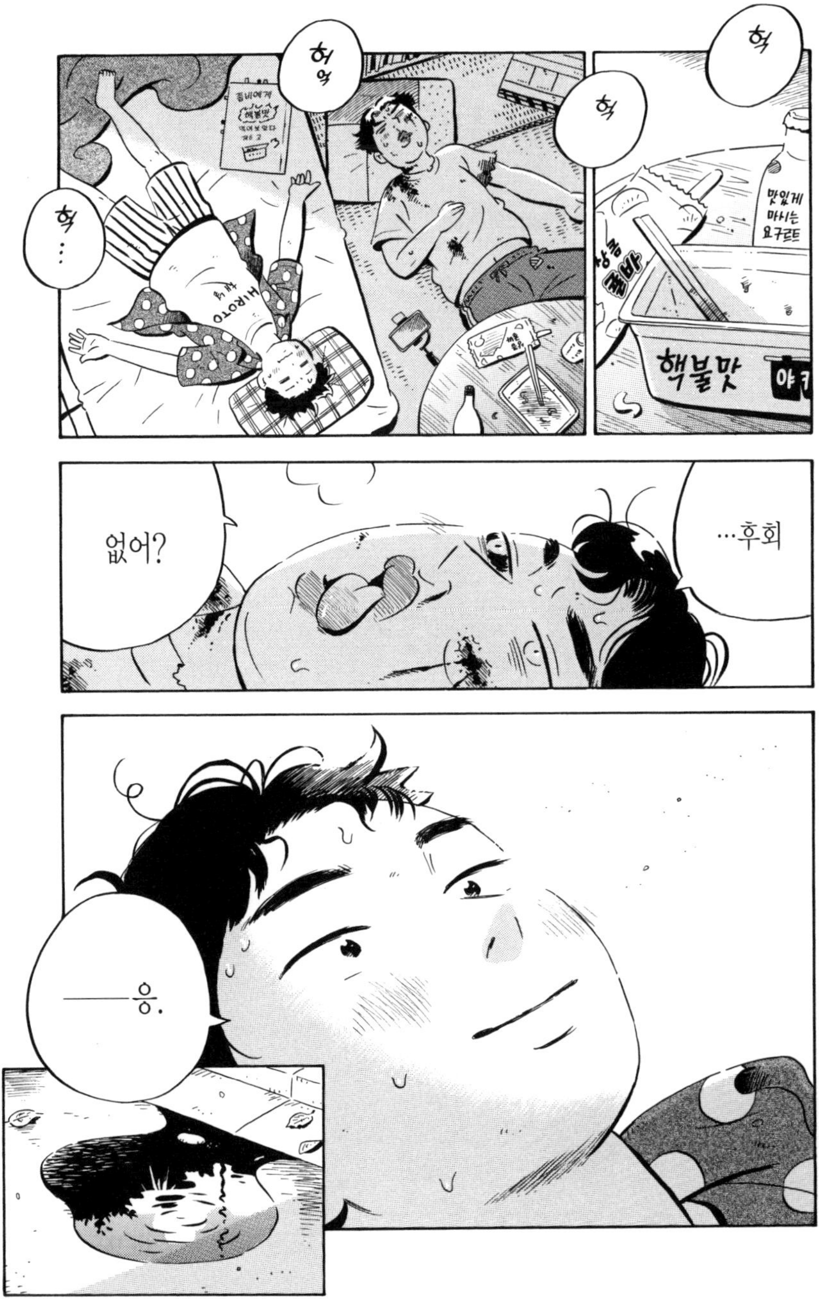
헉
헉
맛있게 마시는 요구르트
핵불맛
야키
허억
헉…
…후회
없어?
——응.

없어!
z…
째깍 째깍
…….
매운 걸 먹어서 그런가, 흥분해서 잠이 안 와….
팟

히데키
여보세요?
히로토!
매운 걸 먹었더니
흥분해서
잠이 안 와!
하하,
나도.
FISH
너
때문이야!
드라이브
가게
나와!
여어
ELEVON
삼각김밥
ATM 술 담배
흥

부우우웅
드라이브는 오랜만이네!
파다다다다닥
그러고 보니 일 그만두기 직전엔 힘들어서 차도 타기 싫었는데….
진짜로?!
진짜로.
—— 다행이다!
다시 탈 수 있게 됐구나!

난
이제
괜찮아.
응.

모 46-49

…….
앗!
히로토, 봐봐! 내일부터 계속 맑음이야!
아, 정말!
도쿄의 주간예보입니다.
주간 예
도쿄
강수%
최고°C
최저°C
SONI
내일 36도래. 미쳤다!
후…
드디어 왔구나. 여름.

56일 차 —— 마침

57일 차 / 한여름 날

히로 오빠———. 나갔다 올게———.
어디 가 ——?
알바 갔다가
야마다 개인전 보러 갔다 올 거야———.
우우웅…
헤이!
어, 더우니까 조심해 ———.
요리
달칵
더워!!
흑~….
찌이——…
매—앰
맴맴
맴——…
장마가 끝나고 대학교는 여름 방학에 들어갔습니다.
너무 더워~….

Koenji Statio
찾았다!
엄청 헤맸네~~
Node
Node
← DM
야마다 녀석~, 하필 이 찜통더위에 개인전은 해가지고~.
쓰레기 같은 작품만 걸어놨으면 가만 안 둘….
터어~엉…
우와아…
아무도 없어~….

기운이 없어 보여, 야마다….
아카링은 대상을 탔는데….
아무도 없으니 그럴 만하지.
드르륵
안녕.
시원해~
불쌍한 녀석. 나라도 격려해주자….
…아—— 나츠.
와줬구나 ~….
천천히 구경해 ——….
음.
…….
잘 모르겠어

앗!
어때?
참! 격려해주기로 했었지…!!
야마다 센키치 「무늬 블록 담
가격 리스트
심지어 비싸!!
이런 걸 누가 사~.
180,000
100,000
120,000
※실제로 아무도 안 샀다.
이…
이거, 좋은 것 같아~.
그거 진짜 괜찮지!
그치!
!

떠벌 떠벌 떠벌
열변을 토하고 있어….
이 녀석…,
기운이 없는 게 아니었잖아!!
대단하다, 야마다….
응?
그렇게 자신감이 있어서.

그, 그래?
응!
내가 좋다고 생각하면 그걸로 된 거 아냐?
난 금방 자신감을 잃는 편이라 네가 부러워.
하하
히로 오빠랑 똑같은 말을 하네.
나도 열심히 할게
응!
…….
'그렇게 자신감이 있어서' ——라.
매—앰
매—앰
매—앰…
치이—…

실은 그렇지도 않은데.
하지만 그렇게 생각하지 않으면 버틸 수 없잖아….
요코야마 아카리
잘 자…
지금 갤러리 잠깐 들러도 돼?
띠롱

야마다 센키치라 센짱
아, 여기야. 센짱——.
안녕!
개인전 첫날엔 여러 가지로 고마웠어!
응! 어라? 갤러리에 안 있어도 돼?
응, 갤러리 사장님이 오셨거든.
오늘은 사람도
별로 없을 것 같고….
…….
맴 맴 맴
맴
아캇피, 차 마시러 갈까?
있잖아, 센짱!

난 레인보우 브리지까지 걸어가 보고 싶어.
뭐? 왜?!
전철 타면 안 돼?
걸어가 보고 싶어.
여긴 코엔지야. 몇 시간이 걸릴지….
심지어 이 찜통더위에….
더워…
난 도쿄에 와서 레인보우 브리지를 보는 게 꿈이었어.
봐봐! 4시간이면 도착한대.
의외로 가까워.
헐~….
진심이야~…?
렛츠 고!

맴—
맴—
매—앰
치이이~~…
36°C
더워….
땀범벅이야…
이게 진짜로… 뭐 하는 짓이지….
아캇피, 역시….
하아~.
최고야
더워~~.
…….
미안해, 센짱.
선크림 좀 다시 바를게.

푸슉ㅡ
Biora UV
반짝 반짝
가자!
무지개다 …!
야마다는
응!

조금 상심해 있었지만,
이 앞에 편의점 있대!
에어컨 좀 쐬자!
그런 건 아무래도 좋을 만큼 더워서
산책하길 잘했다고
생각 했습니다.
앗, 봐봐. 비행기야!
와, 크다——.
키이이이잉!

뿌우
다 왔다….
하하, 다리 아파….
…다행이다.
응?
요즘 우리 둘 다 그림 그리느라 바빠서 맨날 틀어박혀 있었잖아.
같이 여름을 마음껏 느낄 수 있어서 좋았어.

아캇피도 힘내. 개인전도 있으니까.
응.
스트레스도 많지만,
나도 좋았어.
응.
나, 열심히 하고 싶어.
힘낼 거야!
응, 나도 힘낼게!
파이팅 ───.

57일 차 —— 마침

올해도
곧
칠석 축제.
아사가야
58일 차 / 아사가야 칠석 축제의 변! 전편

상점가에도
서서히
축제 조형물이
장식되어
축제 무드가
고조되고
있습니다.
판매점
아사가야 칠석 축제

그런 가운데 요모기 씨는
꺄, 늦었다!
내부 확인 끝났으면 다음은 자료 만들고 계약서 정리하고….
여전히 바쁜 모양입니다.
꿀꺽
타코야키
기린 맥주
이치방 시보리
꿀꺽
꿀꺽
좀비에게 핵불맛 먹여보았다
3.7-8.8 ROAD SHOW
아~, 좋겠다. 시원한 맥주…!
어휴…
심지어 대낮부터!!
멈칫
…응?

야키
이치방 시보리
기린 맥주
아앗?!
좀비에게 핵불맛 먹여보았다
청춘, 재도전
8.7~8.8
ROAD SHOW
감독 노구치 히데키, 주연 이쿠타 히로토
상영장소 낚시터 카네마츠
문의는 아사가야 상점가
이게 뭐야~?!
이…,
심지어 히로토 주연?!
좀비 영화?!
영화 포스터
낚시터

칠석 축제 날 밤에 여기서 반복 상영하니까,
네!
네! 사장님 허락 받고 설치했습니다!
저게 스크린인가?
꾸벅
꼭 와주세요!!
지금 저기서 만들고 있어요!
그리고 올해는 낚시터 연못에 빛나는 조형물도 띄울 거예요!
YAMA
와글
와글
...
오-
그림 그려야 해
아카링은 바빠서 불참

재미있겠구먼. 보러 오마!
감사 합니다!
앗!
영화 괜찮으시면~.
멈칫…
좀비에게
패랏!
탁
낚시터 요금
중얼 중얼…
… 감사 합니다….
소곤…
최근에 오기 시작한 사람인데,
원래 저렇게 퉁명스러워.
내버려 둬
히로 오빠, 완성했어!!
야호—!
와, 멋지다.
맴 맴 맴

맛있어!
매번 이렇게 도와줘서 고마워~.
아뇨, 아뇨
지금은 '쓸데없는 짓을 즐기는' 중이랄까?
흠흠♪
그리고 작년에도 즐거웠으니까.
칠석 축제 준비.
——응!
참, 그보다!
그 오빠만 혼자 아무것도 안 하고 있잖아!

히데키 오빠!
덜 덜덜덜덜덜덜…
쓰르르르 쓰르르르 쓰르르르
아아…. 그 녀석은 지금 예민해서 그래.
중얼 중얼…
자기가 감독한 영화가 좀 있으면 상영되니까.
알 바 아니고요!
쯧….
물풍선
WATER☆BALLOON

뭐,
뭐 하는
거야?!
혼자
농땡이
친 벌이야~.
하
하
하
화악
?!!
가만
안 둬!!
에잇!
꺄——
튀어!

F

바타
거리
우에노 전당포
334-XXXX
여기서 2분
후미

술·담배
eat in
amilyMart
110番
여름 기프트
상쾌한 맛
낚시터
FISA

쭈악
!!
아, 죄송합니다….
꺄
꺄샤
…보다시피
물풍선 이에요.
뭐 하시는 건가요?
…여전히
FISH

그 뒤로 괜찮으세요?
목은…
아, 덕분에…!
다행이네요!
…….
그보다 참! 영화 포스터 봤어요.
그건 또 뭐예요?
아, 실은 친구랑 영화를 찍었거든요.
뒤적
금지
칠석 축제 날 밤에 낚시터에서 상영하니까,
괜찮으시면!
매-앰 맴맴 맴-
아, 네에….
적었어…
아, 하지만…
바쁘면 무리하지 마세요!
…….
중얼…
역시

제가 그렇게 바빠 보이나요?
네?
뚜르르 뚜르르
부동산
아, 죄송해요…. 그럼 또….
뚜르르 뚜르르
가와바타 거리
아….
네, 여보세요…!
그리고 어느덧
쓰르르르
쓰르르
쓰르르르
칭

삐빅
보행자분들, 멈춰주세요.
칠석 축제 당일 밤을 맞이했습니다.
아사가야 펄 센터
쏴
아아아
300엔, 300엔!
빙수 드시고 가세요.
시원한 맥주 있어요 ——.
시끌
시끌

일이
끝이 없어….
하아~~.
매물 정보
방글방글 부동산
바스락...
아.
좀비에게 핵불맛 먹여보았다
8.7~8.
ROAD SHOW
그러고 보니
오늘이었지.
…….
나머진
집에 가서
하자….

——
그럴 시간도 없고!
집에 가서
일해야 해….
"바쁘면
무리하지
마세요!"
난
바빠….
쏴
아
아
아
…어쩐지
난
'바쁜' 걸 핑계로
단순히
많은 것들에서
아마가야 펌 센터

도망치고 있는
느낌이야….
아사가야 펄 센터

팟
헉
…
헉
헉

58일 차 —— 마침

59일 차 / 아사가야 칠석 축제의 변! 중편

아무도
안 봐주면…
혹평이면….
벌
컥
벌
컥
(홧술)
그렇게
생각하니까
차마 상황을
보러 갈 수 없는
히데키였습니다.
BEER
억
벌
컥
와
아
아
?!
짝 짝 짝 짝 짝 짝

와아아!
짝 짝 짝
삐익─!
완전
재미있었어!
최고다──.
걸작이야.
감동했어!
......!

히데.
후,
후후후….
짝 짝 짝 짝 짝
'감사합니다,
여러분!!'
낚시터
이런 데서 뭐 해?
상영 중이니까
빨리 와.
?!
사키….
Z…
으, 응….
낚시터

푸하하.
그래가지고
——.
라이트 업
예쁘다.
저건 뭐야?
영화?
몰라.
하하하

영화
재미있었어.
응,
고마워.
사키….
수고했다,
히로토.
축제
생맥주
350
앗,
히데키.
어디 갔었냐.
그냥
잠깐….
시원한 음료 있습니다
나츠랑
친구들은?
내일
보러 온대.
하
하
하
그렇구나….

이거 끝나고 같이 밥 먹으러 가지 않을래?
미안해, 히로토….
또… 한심한 영화를 만들어버려서….
….
무슨 소리야, 히데키.
고등학교 때는 상영조차 못 했잖아.
이번엔 상영도 했으니까 일보 전진이야.

난
최고로
즐거웠어!
그리고
너랑 또
영화를 만들 수
있어서
야,
히로토!
……
…….

거,
건배하자.
상영을 축하하며!
좋지!
…….
건배!
반짝
!
반짝 반짝
꺄,
꺄——!!
앗,
왜 그래?
빠빠빠!
그래, 그래.
츠무, 건배.
빠빠빠~.
건배.
빠빠빠!!
츠무도
건배하고
싶어요?
하하하
!!

?
타, 타치바나 씨?!
삭
시원한 음료 있습니다
두근 두근 두근
아, 핵불맛 먹는 장면이다!
…
저거, 진짜로 먹으면서 찍은 거야~.
와—.
하하하
푸학!

타치바나 씨…!
와주셨군요.
아.
꿈을 걸어라, YoTube!
YoTube YoTube~.
Fin
네….
저어….
사
사
삭
…

굉장히 좋았어요.
영화.
저도 뭐라도 도전해 볼까 하는 생각이 들었어요.
홰액
감사합니다!!
잠깐….
사삭
?
피했다…?
그, 그보다!
이쿠타 씨, 연기 정말 잘하시네요~.
그래서
이 녀석은 원래 배우였어!
이치카와 히로토라는 예명으로.
앗, 정말요?!
대박!
네, 실은….

배우로 복귀하시는 건가요?
아, 아뇨~.
배우는 이걸 끝으로 진짜로 그만둘 거예요.
이젠 후회 없으니까요,
!
왜요! 아깝잖아요!
뭐? 그런 거야?
네!
흠, 뭐 그러든가~.

저는 배우를
계속하는 게 좋다고 생각해요!
허걱!

앗!!
왜 …?
그러세요?
아까부터….
아…,
그게…
여기 올 때
뛰어와서
땀을
엄청
흘려가지고…
냄새 날 것
같아서….
……
…….

매,
맥주
드실래요?!
앗,
있어요?!
슈우욱—
아아….
꿀꺽…
…
네,
350엔이에요!
엄청 시원해요!
뭐야,
뭐야?
훗,
청춘이군…
드세요!
꿀꺽
꿀꺽
하아…

꿀꺽....
——여름이

59일 차 —— 마침

60일 차 / 아사가야 칠석 축제의 변! 후편

미술대학
헉
헉
헉
싸-악
싸-악
아캇피! 슬슬 나가자. 안 그럼 칠석 축제에 늦어.
유카타 입는다면서—
헉…
힘내자….
헉…
비틀 비틀…
힘내야 해….
헉…
…아캇피?

쨍
쨍
헉…
헉…
헉…
허리끈 아래를 잡고 헐거워지지 않게….
【간단!】 유카타 허리끈 매는 법!
어쩌라는 거야, 대체?
긴 쪽의 끝을 반으로 접어서….
으음~?
스르르

됐다!
조금 이상하지만 나름 OK!!
아~, 다 같이 축제 구경 재밌겠다~♪
쓸데없는 짓을 즐기자
여름 enjoy 리스트
수박 먹기
다 같이 칠석 축제 가기
다 같이 여행
불꽃놀이!
수영장!
매미 울음소리 듣기
다음 주에는 여행도 있고!
아자~!
최고의 여름으로 만들어주겠어——!!
윙
윙
열사병으로
지금은 안정됐지만, 미안해
칠석 축제에 못 갈 것 같아…

13:54
야마다 센키치
아틀리에에서 아캇피가 열사병으로 쓰러져서 지금은 안정됐지만, 미안해 오늘은 칠석 축제에 못 갈 것 같아…
아틀리에에서 아캇피가 열사병으로 쓰러져서 지금은 안정됐지만, 미안해 오늘은 칠석 축제에 못 갈 것 같아…
칭
쓰르르르
쓰르르르
쓰르쓰르르
치이이

벌컥
벌컥
뉴시터
푸핫!
야, 너무 많이 마시지 마.
뭐 어때. 돈 냈잖아!
그리고 영화를 상영하고 났더니 마음이 편해졌어.
SUIKA
BEER
녹차, 콜라 150엔
라무네 200엔
어쩐지 행복해.
축제 속에 우리의 공간이 있다는 게.
응.
딸랑
딸랑
와하하하
꺄악
꺄악

어라?
내가
백이었던가?
내가
백!
몇 번을 말하냐
띠롱
엥~?!
?
코바야시 나츠미
오늘 몇 시쯤 올 수 있어?
친구들이 못 오게 돼서
오늘은 안 갈래…
뭐야~.
매-앰
매-앰
매-앰
맴-

여름 enjoy 리스트
수박 먹기
다 같이 칠석 축제 가기
다 같이 여행
불꽃놀이!
수영장!
매미 울음소리 듣기
맴
맴
매ㅡ
앰…
매ㅡ
앰
맴
맴
뒤척…
매미 울음소리에 섞여
저 멀리서 축제 음악이 들려옵니다.
작년 칠석 축제는

1년 동안
많은 게
달라져버렸습니다.

…어쩔 수 없어.
어쩔 수 없지만,
아카링에겐 이미
나보다 소중한 게 많을 것 같아….
축제

올해도 사이제에서 보는 풍경은 최고였어~.
후아~, 잘 먹었다.
사이제리아
사이제리아
마츠모토 키요시
감사합니다.
그런 것 같은데.
저건 칠석 장식 아냐?
와글
와글
JAPAN
아아….
…….

칠석 축제가 벌써 끝났어~.
우와~.
버리는 걸 얻어간 거구나.
정리하는 게 빛의 속도야!
순식간에 일상 복귀네~.
….
그러게….
눈 깜짝할 사이야….

반짝 반짝
와~.
흫…
잘 들고가
주세요!
하하하
SUIKA
아, 올해 칠석 축제도 즐거웠다.
나츠랑 친구들이 못 온 건 아쉽지만.
뭐, 내년을 기약하면 되니까!

삼촌무
삼촌무
히로토.

내년엔
난 없을지도
몰라.

나,
야마가타로
돌아가려고.
붕어빵
아사가야 명물
떡 붕어빵

시계점

60일 차 —— 마침

61일 차 / 캐치볼·그 후

사누키
소면
쫄깃한 면발
보글 보글 보글 보글 보글 보글…
…

"나,
야마가타로
돌아가려고."
언제까지나
백수로
지낼 순
없으니까….
본가가
목재상이라
그걸
물려받기로
했어.
부
글
…네가
그리울
거야.
앗!

하아…
뭐 해,
히로 오빠?
치이익~…
이크크….
찰칵!
어?!
아무것도
아냐.
아, 그럼
그릇 좀
꺼내줄래?
내가
뭐
도와줘?
멍하니
서 가지고.
파닥파닥
왜,
무슨 일
있어?
음——.
오늘
알바 가는 게
마음이
무거워서.
하아…
흐음.
너야말로
무슨 일
있어?
쏴아!
하아~

…다음 주에 아카링이랑 여행 가기로 했는데,
좀 가기 싫어….
뭐, 왜?!
잘 먹겠습니다
어쩐지
——
잘 먹겠습니다
요즘 아카링하고 거리감이 느껴져.
아카링은 사랑도 그림도 다 순조로우니까,
나 같은 앤 이제 하나도 안 소중할 것 같아서.
추루릅~
맛있어
….
덜컹
?

그렇지 않아!
웬 글러브?!
속마음을 이야기할 땐 캐치볼이지!
아니, 난 안 한다고…!!
그리고…

친구가
언제까지나
곁에
있을 순 없어….
…….
아,
나츠….
드는 요리를
안녕하세요.
중화 야시로
시끌
시끌
야시로

지난번엔 미안해.
칠석 축제에 못 가서.
어서 오세요
나, 난 괜찮아!
치익
탕 탕 탕
영업 중

STEPS
준비중
와아!
하하하
하 하 하 하
……
……
…갈게, 나츠.
응….
기치조지 역
Kichijoji Station

……
이런 건 하나도
즐겁지 않아.
여름 enjoy 리스트
수박 먹기
다 같이 칠석 축제 가기
다 같이 여행
불꽃놀이!
수영장!
매미 울음소리 듣기
최고의 여름으로 만들고 싶었는데.

LILAC
타
앗

아카링…!
?!
나츠….
헉 헉 헉
헉―…
지금부터
캐치볼
하지 않을래?!
부스럭

좋아.

에잇!
앗….

……
헉…
헉
…속마음을 전혀 얘기 못하겠어.
둘 다 너무 못해…!
…나츠!
뭔가 할 말 있지?!
!!
타악
아….

타아악
!!
…….
너무 쌀쌀맞아!!
요즘 나한테…
그런 적 없어!
오히려 나츠가 더 쌀쌀맞잖아!
그게 무슨 소리야?! 나츠는 소중하고 또 소중한 친구인걸!
나도 속상했어!!
난… 속상했어! 아카링은 연애도 그림도 다 순조로워서
이제 나 같은 앤 하나도 소중하지 않을 거라고 생각했어!!

나츠가 만화로 상 탔을 때!
!!
파앙…
축하해!
….
진짜로 그랬어?!
그래, 엄청 질투했어!
하지만 축하한다고….
그야 친구니까!!
파앙… 파앙 파앙…
헉~ 헉~ 헉~ 헉~…
…그렇구나.
그래, 맞아….

아카링,
미안해….
대상
탔을 때
말 못해서….
뭐…?
아카링,
대상 수상을
진심으로
축하해!!

파앙
…
나츠….
훌쩍…
…드디어
말했다
~….

아카링, 다음 주에 여행 가서 재미있게 놀자.
응, 불꽃놀이도 하자!
끼-익
응! 꼭 하자!
끼-익

61일 차 —— 마침

여름 enjoy 리스트
수박 먹기
다 같이 칠석 축제 가기
다 같이 여행
불꽃놀이!
수영장!

저녁이 되어
더위를
식히기 위해
물을 뿌리는
히로토.
62일 차 / 물 뿌리기와 빙수

최근
히로토는
답지 않게
고민하고
있습니다.
쏴
아
아
아

하나는
히데키가
멀리
가버리는
것.
야마가타로
돌아가려고.

그리고
또 하나는
배우를
계속하는 게
좋다고
생각해요!

미래에
대해서
입니다.
…….

역시 배우를 계속해야 하는 걸까….
할머니, 저요.
올해 안에 하고 싶은 일을 찾을 수 있을까요?
음~
으아~ 어떡하지~.
빙글 빙글~

쏴아아아…
!
아….
반짝
반짝…
이 광경,
어디서
본 것 같아….
쓰르르르르르…
2년 전
여름.
매-앰
매앰매앰
맴~~…
이시가야 역

맴ㅡ 앰
매ㅡ 앰
매ㅡ
치이…
더워.
치치치…
여름은 질색이야.
덥고 깁스엔 땀 차고….
※할머니는 이때 왼손 골절 중이었습니다. (6화 참조)
꺄아
꺄아
할머니, 빙수 먹고 싶어!
이따가 먹자
…….
저런 것만 자꾸 보이고….
히로토?!
자주도 만나네

퀘에~엥ㅇㅇㅇㅇ
?!
어두워!!
무슨 일이지…?
괜찮은가…?
흥, 무슨 상관이람. 얼른 장이나 보자….
맴~ 맴~
…….
매~앰
맴맴 맴맴
맴~…
타앗

스시류 토다루
토다루
스시류
토다루
토다루
Saint-Germain
Saint-Germain
Saint-Germain
남쪽 상점가는 몇 년 만인지 모르겠네.
여기도 많이 변했구나…
ELEVON
맛있는 아이스커피!!
북쪽이 생활권이라
북
아사가야 역
남
?!
뭐지?!
멈칫
어빵
빙수
후후…
한여름의 대모험 느낌….

아니,
이쪽이구나!
빙수
유자
라무네
빙수
수 800엔
수 850엔
빤히ㅁㅁㅁ
이
더운 날
붕어빵?!
붕어빵
빤히-…
빙수
붕어빵
한 마리 250엔
잘그랑…
지갑
푸욱
히,
히로토!
……
…….
포기했다!!
터벅 터벅…
하긴
알바족에게
800엔짜리
빙수는 무리지…!
붕어빵

유자
유자 빙수 나왔습니다.
토모에
고맙습니다, 할머니.
오냐.
빙수
붕어빵 한 마리 250엔
붕어빵 토모에안
유자 맛이라….
어디, 어디.
빙수

———
맛있어!
매—앰
매—앰
맴맴———…
사각
사각
아….
사각
사각
사각
사각
그보다
이건….
초밥
포인트 5배데이
의약품
화장품
일용품
정사원 모집
처방전

히로토! 유자 맛은 처음 먹어봤는데 맛있구나!
네….
맛있네요….
…….
굴튀김
무슨 고민이라도 있나, 히로토 녀석….
맴
맴
맴

다 왔다.
고맙다, 히로토.
더워—…
아뇨!
할머니는 손도 다치셨잖아요.
그럼 전 가볼게요!
…보리차라도 마시고 가.
아, 네…!
끼릭
할머니, 제가 할까요?
쏴아아
괜찮아.
물 뿌리는 것쯤은 나도 할 수 있어.

어두운 얼굴을 하고.
…무슨 고민 있냐?
네?!
뭐, 고민은 나도 끊이지 않는다만.
…야 야 야
쏴
네.
손주를 데리고 나온 할망구들이 어찌나 많은지,
난 여름은 질색이야.
덥기도 하지만, 밖에 나가면
빙수
그게 좀 괴로워.
하지만

히로토와 오늘 빙수를 먹으면서,
여름도 나쁘지 않구나 싶더라.
붕어빵
토모에안
빙수
토모에안
빙수
빙수
……,
그래서 하고 싶은 말이 뭐냐면,

너라면
괜찮다는
거야!

지금
고민하는
일도
언젠가
해결될 날이
올 거야.
맞아,
할머니가
그렇게
말씀해주셨지.
응….

응.
히로
오빠.
아,
나츠.
어서 와.
더워~.
좋겠다.
빙수
한 입만!
싫어.
엥——.
치사하게!!

한 입만 줘!!
싫어, 내 거야~♪
촤악
꺄하하하
히로토는 이미 잊어버렸지만, 2년 전에 뭘 고민하고 있었는가 하면
충치가 아프다고?! 치과를 가!
싫어요~. 치과 무서워요~.
괜히 걱정했네!
—— 그런 것 이었습니다☆

62일 차 —— 마침

퇴근길에
서점에 들른
요모기 씨.
책
쇼가쿠
더워~
BOOK 쇼가쿠
!!
163일 차_/ 이시카와의 후회
문예추동
9
이시카와 쇼
새 연재
「최대와 최소」
니시오 도모히로
「인생에 청춘을」
데라모토 신사부로
「로스 오브 라이프」
현재소설
20XX SEP 9
연재 「고백」
카미 하루오
월간
SNS 사회를 생각한다
월간

이시카와 료
새 연재,
'최대와
최소'.
팔락
5월에
나한테
취재했던
그거구나.
"오늘 취재의
답례로
준비한"
"카탈로그
기프트입니다."
…선물 센스는
꽝이었지~.
그 뒤로
연락도 없고
어떻게
지내나
모르겠네.

슬럼프를 탈출해
간신히
소설을 발표한
이시카와지만,
501
ISHIKAWA
부글~...
톡 톡 톡 톡
어쩐지 굉장히
신경이 곤두서
있습니다.

일이 바빠서
방이
어질러진 것과
※미니멀리스트에겐
이것도 어질러진 상태.
짜증나
~~.
제기랄!
이 망할 놈의
인터넷~.
타 탁 탁 탁 탁 탁
탁 탁 탁
이런
사소한 일이
원인입니다.
딱
(클릭)
팟
연결되지 않았습니다.
인터넷에 연결할 수 없습니다. 네트워크
빠
직!

쇼가쿠
쇼가쿠 아사가야점
시마부쿠로 선생님이 오셔서 「500헤르
사인본을 만들어주셨습니다.
수량이 한정된 관계로 예약 불가이
1인 1권으로 부탁드립니다.
500 헤르츠의 돌고래
※SNS
탁
사인본을 만들
——앗.
심지어 근처 서점!!
덜컹
시마부쿠로 선생님의 사인본?!
열성 팬
영업시간은 0시까지니까 아직 안 늦었어!!
딸랑 딸랑!

앗?!
왜?!
헉
헉…
BOOK 쇼가쿠
쇼가쿠
일요일·공휴일은
23시 폐점.
…….
울컥
5분만
일찍 왔어도
살 수
있었는데….
헉
헉…

아니, 인터넷만 제대로 터졌어도….
바쁘지만 않았어도….
만약에 최단 루트로 서점까지 올 수 있었다면….
부 우 웅…
“카탈로그 기프트입니다.”

그때도
그랬어….
더
괜찮은 선물을
줬더라면….
아사가야 펄 센터
あ-1
저어
——.

이시카와 씨?
괜찮으세요?
책
SHOGAKU
SUPER DRY
Beer 생
드라이 맥주
350ml
쇼가쿠
타, 타타타, 타치바나 씨?!
왜 여기에?!
쇼가쿠
비명…?

아, 요즘 밖에서 맥주 마시는 데 재미 들려서요.
저기 로터리에서 마시면서
이시카와 씨의 신작을 읽다가 우연히 보고….
왜 읽고 계세요?!
네?
문예추동
아, 그래도 나름 취재도 받았으니까요.
아….
저어…, 그러고 보니까…
"카탈로그 기프트 입니다."
죄송합니다…. 그때는… 저기… 선물….
웅얼 웅얼…
…….

풉.
?!
앗, 그동안 혹시 그게 마음에 걸려서
연락도 못하신 거예요?!
아하하
전 하나도 신경 안 써요.
조금 전까지의 짜증이
아하하

순식간에
사라지는 것을
느꼈습니다.
'최대와
최소'의
작가시네요~.
정말로
와아~.
…….

무슨!
혼자 우물쭈물 끙끙대면서 고민하는 느낌이
주인공이랑 똑같아요.
Beer
드라이 맥주
놀리지 말아주세요! 전 진지하게 고민하고 있었다고요!!
덜컹 덜컹 덜커덩…
그런 느낌도 주인공이랑 똑같아요!
아사가야 역
Asagaya station
얼굴이 빨개!
더 놀려주면 어떻게 되려나~.
드라이 맥주
꿀꺽…
……."
중얼 중얼 중얼 중얼…

BOOK
전부터
생각했는데요~.
단추를
목까지
꼭꼭 채우고.
여름인데
안 더우세요~?
그것도
미니멀리스트의
방식인가요~?
아니면
그냥
도련님 패션?
STRONG 강탄산
꽉
하아
하
하
하
하
……!

뚜둑
뚝
쇼가쿠
…어?

타치바나 씨는 이런 불량한 복장이 더 좋으세요?
쿵
아… 아뇨….
그럼 실례 아닙니까? 그런 발언은 삼가는 편이 좋다고 생각합니다.
쿵
아…, 죄송해요….
오늘 저는 약간 신경이 곤두서 있으니까,
너무 건드리지 말아주세요.
네….

저도 할 때는 하는 놈입니다.
…뭐,
뭘 하시는데요?
…….

과연
데이트할 것인가,
말 것인가.
그건
다음 회 이후에.

63일차 — 마침

매일, 휴일 7. —— 마침

매일, 휴일 7.

2024년 7월 25일 제1판 제1쇄 인쇄
2024년 7월 30일 제1판 제1쇄 발행

글/그림 | Keigo SHINZO
번역 | 장혜영

발행인 | 오태엽
편집팀장 | 이수춘
편집담당 | 성지은
미술담당 | 최진주
표지 디자인 | Design Plus
라이츠사업팀 | 이은선, 조은지, 정선주, 신주은
전략마케팅팀 | 김정훈, 이강희, 정누리
제작담당 | 박석주

발행처 | (주)서울미디어코믹스
등록일 | 2018년 3월 12일
등록번호 | 제 2018-000021
주소 | 서울 용산구 만리재로 192

인쇄처 | 코리아 피앤피

HIRAYASUMI Vol.7
by Keigo SHINZO

문의 | (02)2198-1736